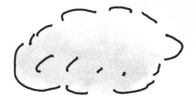

¿Saben las princesas ir de acampada?

Textos:
Carmela LaVigna Coyle

Ilustraciones:
Mike Gordon

Picarona WITHDRAWN

Puedes consultar nuestro catálogo en www.picarona.net

¿Saben las princesas ir de acampada?
Texto: *Carmela LaVigna Coyle*
Ilustraciones: *Mike Gordon*

1.ª edición: noviembre de 2017

Título original: *Do Princesses Make Happy Campers?*

Traducción: *Joana Delgado*
Maquetación: *Isabel Estrada*
Corrección: *Sara Moreno*

© 2015, textos de Carmela LaVigna Coyle e ilustraciones de Mike Gordon
(Reservados todos los derechos)
Edición en español publicada por acuerdo
con el editor original Taylor Trade Publishing, Maryland, USA

© 2017, Ediciones Obelisco, S. L.
www.edicionesobelisco.com
(Reservados los derechos para la lengua española)

Edita: Picarona, sello infantil de Ediciones Obelisco, S. L.
Collita, 23-25. Pol. Ind. Molí de la Bastida
08191 Rubí - Barcelona - España
Tel. 93 309 85 25 - Fax 93 309 85 23
E-mail: picarona@picarona.net

ISBN: 978-84-9145-117-4
Depósito Legal: B-19.591-2017

Printed in China

¿Dedican tiempo las princesas a comprar
en el supermercado?

¡Llevemos a esta familia a disfrutar del aire libre!

¿Ayudan las princesas a preparar el equipo de acampada?

¿Por qué parece que un año va a durar la estada?

¿Preguntan las princesas
que cuánto falta para llegar?

¿LLEGAMOS YA?

¿LLEGAMOS YA?

¿LLEGAMOS YA?

Repiten muchas veces con verdadero afán.

¿Sabe una princesa una tienda montar?

Tal vez deberíamos hacer una reunión familiar.

¿Y qué haremos si todo el día llueve un montón?

Nos quedaremos en la tienda y haremos una función.

¿Construye una princesa
casas para gnomos y hadas?

¡Con piñas y ramitas salen unas casas muy apañadas!

¡Porfaaaaaaaa! ¿Puedo quedarme todos los bichitos que encuentro?

Sus mamás les dicen nooooooo,
y asunto resuelto.

Apuesto a que adivinas lo que esta princesa está deseando...

En vez de lavar platos…,
¡sin duda: acabar pescando!

¿Pasean en bici las princesas
entre colinas y estanques?

A veces después descansan
mientras contemplan el paisaje.

¿Siempre hay tanto silencio
en lo alto de la colina?

La madre naturaleza disfruta de una gran calma divina.

Tengo tanta hambre que un oso me comería.

Por favor, ten modales y comparte sin glotonería.

¿Cómo es que los fuegos de campamento crujen
y también a veces danzan?

Creo que comiendo dulces podremos resolver esa gran adivinanza.

¿Por qué las estrellas brillan
y centellean con tanto fulgor?

Porque desean a una princesa buenas noches
y mucho amor.

¿Cómo sabe el sendero por donde tiene que seguir?

Pues porque sabe muy bien
cómo llegar hasta él . . .

FIN

LAS BUENAS
CAMPISTAS
SIEMPRE VEN EL LADO
BUENO DE LAS COSAS.

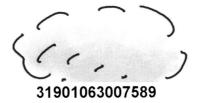

31901063007589